글벗시선199 송연화 스물네 번째 시집

자연의 선물

송연화 지음

자연의 선물

온종일 동동거리면서 산으로 들녘으로 즐거운 산행이다. 청옥산 두릅을 수확하고 가족과 친지, 이웃들에게 보내 드리려고 정성 가득 담는다.

내 정성 사랑으로 임들께 보내주면 첫 수확 산나물에 입맛이 살아나지 않을까. 참으로 좋아라. 자연의 선물을 즐겨 보는 이 행복, 보람된 하룻길이 기쁨으로 넘쳐난다. 신나게 룰루랄라 마음은 두리둥실 마음껏 떠다닌다. 발걸음 집으로 재촉하는 걸음 나들이는 즐겁다.

어느덧 스물네 번째 시집이다. 시와 시조가 어우러진 나의 시와 시조의 주제는 늘 자연과 나눔, 그리고 행복이다.

부족한 저를 시인의 길로 안내해 주시고 서평으로 지도해 주신 계간 글벗 최봉희 편집주간 선생님께 감사의 마음을 전한다. 배움은 끝없기에 오늘도 다시금 펜을 잡는다.

날마다 자연 속에서 행복을 나누고, 선물하는, 아름다운 시인이 되고 싶다. 저의 졸작을 함께 읽어 주시고 격려해 주시는 많은 독자님께 감사의 마음을 전한다. 아울러 자연의 선물을 함께 나눈다.

2023년 6월 어느 날에 윤영 송연화 배

차 례

제2부 그리운 바다

제3부 하얀 이별

제4부 사랑의 싹

제1부

희망의 꿈

하루

햇살이 길게 누워
대지는 질척이고
설 명절 준비하는
주부들 맘 바쁘다
자식들 마주할 설날
웃음꽃을 피울까

하룻길 서산으로
뉘엿이 사라지고
출근길 서두르며
펼친다 꿈과 희망
새해엔 소망 담아서
내 소원을 이루리

설국의 세월 열차
그리움 실어 가고
웅덩이 고인 눈물
길냥이 생명수네
모두가 즐거운 명절
보냈으면 좋겠네

솔가지 꽃

솔가지에 가득 내려앉은
소담스러운 하늘의 선물
밤새 소복소복 쌓여서
하얀 세상을 창조했네

나뭇가지의 바람 돌이
춤을 추듯 살랑이면
하얀 꽃송이 하늘하늘
나비처럼 나풀나풀 날고

땅 위에도 나뭇가지에도
아름아름 탐스러운 꽃
황홀함에 눈 데이트
가득 피어 좋았어라

모두가 우르르 몰려나와
하얀 동화 속의 나라
맘껏 즐기며 재잘재잘
즐거운 오후를 보낸다

피어나라 향기의 사랑
솟아나라 고운 꿈이여
사라져라. 코로나여
근심 걱정을 풀어 헤치네

보고픈 마음 가슴에 묻어놓고
그리움 바람에 고이 싣고
천 리 먼 길 달리는 맘 토닥이며
하얀 그리움의 시를 쓴다

치악산 설경

밤새워 나풀나풀
하얀 눈 나비처럼
산자락 곱게곱게
살포시 내려앉아
어여쁜 겨울 풍경이
아름답게 물드네

솔가지 내려앉은
탐스런 꽃송이는
어여쁜 꽃잎 되어
바람에 흩날리네
치악산 능선 깊숙이
평화롭게 쉼하네

치악산 명산이라
절경에 감탄하고
상고대 얼음 분수
돌탑들 쌓아놓아
무지개 피어오르네
물 흐르는 치악골

설산은 신의 축복
눈부신 눈꽃 세상
치악산 반짝반짝
하얀 솜이불 덥고
행복한 사랑 품었네
깊어가는 이 겨울

내 사랑은

따스한 햇살이 팡팡
창 가득 넘치도록 번지어
방안은 온통 황금빛이다

하얀 눈꽃 그리움은
설국열차 타고 떠나니
뜨락은 자갈들 삐죽삐죽

곱고 화려하던 겨울은
나 홀로 여행인 듯
눈꽃의 버무림이 멋져라

내 사랑은 욕심쟁이
다 품고도 이 계절 마냥
들떠서 즐기고 있음이야

해 질 녘 뉘엿뉘엿
또 다른 자아를 찾으러
숨 헐떡이며 가빠진다

만남이 기다려 줄 놀이터
새털처럼 가벼운 맘으로
까만 밤 하얗게 꽃 피우리라

명절 음식

설맞이 명절 음식
튀김에 지짐하고
육수에 떡만둣국
한 그릇 뚝딱뚝딱
설 명절 주부 놀이에
땀나도록 바빴지

식탁에 이야기꽃
덕담들 나누면서
세배와 설돈 받고
좋아라 신이 났네
한 해의 계획 세워서
살아내리 멋지게

뱃속이 니글니글
시원한 식혜 음료
내 손이 내 딸이야
혼잣말 중얼대니
두 아들 미안합니다
그럼 빨리 결혼하렴

강추위

지구가 뿔났구나
강추위 맹렬하게
거리가 귀신 울음
윙윙윙 바람돌이
사람들 움츠리면서
종종걸음 걷누나

설 명절 대 이동들
모두가 제자리로
무사히 귀가하길
무심히 빌어보네
부모님 형제들 만나
피웠을까 행복 꽃

코로나 벗어나고
모처럼 찾은 고향
즐겁고 고운 추억
가슴에 차곡차곡
행복을 담았으리라
다음 명절 기약해

두 손은 주머니에
찬바람 가르면서
마지막 설 연휴를
알차게 보냈어라
푹 쉬고 내일은 일상
돌아가리 그 자리

꿈이여

꿈이여 이루어져라
무지개 타고 오렴
넘치는 열정으로
새해를 맞는다

좋은 일들만 오기를
웃는 날들만 오기를
해 걸음에 총총히
빛나는 삶이 되기를

이제는 웃고 싶다
사랑 나눔 풍요로움
가득 살찌울 수 있는
그런 새해이기를

꿈이여 이루어져라
저 넓은 초원을 향하여
희망찬 새해 벽두에
나두야 달린다

시냇물처럼

말없이 흐르는 시냇물
두꺼운 얼음이 녹여내려
물밑이 훤히 비친다

물고기를 잔뜩 키워내
겨울의 철새들 먹이 주며
힘차게 흐르는 저 물줄기

시냇물은 유유히 흘러간다
언제나 풍족함을 담고서
평범한 진리, 낮은 자세로

거슬러 올라가지 않는다
낮은 곳으로 달음박질하는
시냇물의 흐름을 닮아보리라

차가운 바람 속에서도
얼음을 녹이며 희망의 봄을
살포시 건너는 중인가 보다

머지않아 버들가지
실눈을 뜨는 연두의 봄날을
희망으로 기다려 보련다

얼음꽃 사랑

새벽달과 별이 노닐다가
바삐 떠났을까
곱게 피어준 하얀 얼음꽃
작은 알갱이들의 눈부심

별빛처럼 영롱한 변신
반짝반짝 눈부심들
투명함이 햇살에 반사되어
화려하고 정갈하다

이토록 고운 꽃 피우기 위해
밤새 그리도 춥고
매서운 바람 불었을까
선물 같은 얼음 위의 사랑꽃

만지면 부서질 것만 같아
발걸음 살며시 조곤조곤
얼음 위 걸으며 고운 모습
미소로 담아둔다

며칠이나 머물러 주려는지
금방이라도 사라질 것만 같아
불안함 떨칠 수가 없어
뒤돌아 오는 길 또다시 만났지

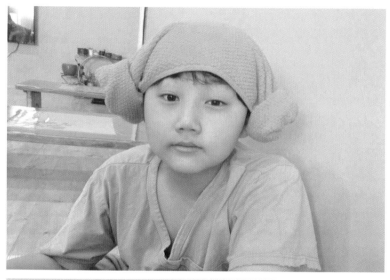

꿈나무

귀요미 아가들아
새처럼 날아 보자
즐거워 조잘조잘
너희는 꿈과 희망
꿈나무 우리의 미래
곱게곱게 자라라

찜질방 황토방에
양머리 두 귀요미
사랑과 정이 가네
빛나는 인생 여정
꿈꾸듯 살아가 보자
할아버지 사랑가

손주들 겨울 놀이
눈 쌓아 터널 파고
즐거워 신이 났네
고운 꿈 추억 한 장
가슴에 저장되겠지
씩씩하게 자라렴

포근한 햇살

저 멀리 봄이 오고 있으려나
포근한 햇살이 온 누리에
가득히 넘쳐 언 땅 웃고 있다

희망의 언덕길을 올라
차창 밖으로 펼쳐지는
감미로운 풍광에 맘 뺏기고

훅 쳐다본 하늘빛
어쩜 저리도 아름다운지
하얀 구름 몽글몽글 어여뻐라

새삼스레 자연에 감사
아롱아롱 둘레가 멋스러워
담고 또 담아 본다

느끼고 바라보는 황홀감
따스한 온기가 축 늘어진 맘
토닥여 주는 지금이 참 좋다

행복이 별거 있으랴
내 안에 즐거움 담겨있고
평온하면 족할 수 있을 터이니

사노라면

팍팍한 인생 무대
공연과 연출 속에
하룻길 부대끼며
어울려 사노라면
고갯길 넘고 넘으며
하루하루 벅차네

눈뜨면 오늘 하루
어떻게 펼쳐질까
괜스레 이런저런
잡다한 생각들로
바람 든 풍선처럼
한 걸음씩 들뜨네

더불어 사는 세상
어울려 살아보자
시화전 작품들로
나눔의 선물 주며
주는 맘 받는 기쁨이
배가되어 즐겁네

희망의 꿈

추위와 찬바람에
가여운 풀잎들은

고개 푹 숙인 채로
겨울을 보내는 듯

오늘도 새로운 단꿈
살포시 꿈꾸겠지

뚝방길 걸어가다
오가며 만나는 풀

푸르던 여름날이
몹시도 그립구나

힘없는 짠한 모습들
꿈을 꾸며 올 거야

공간 속으로

깊이 녹여내고 잠든 밤
눈발이 펄펄 날리고
소록소록 눈꽃 쌓인다

음악 짙어가는 이 시간
싸인 볼 반짝이는 방마다
노래자랑이 펼쳐진다

반가운 손님과 어우러져
까만 밤 하얗게 불태우며
공간 속으로 젖어든다

포근한 밤 그리움 삭이며
꿈길을 걷고 있을 이 시간
밤을 불사르는 그대들

늘 도와주는 따스한 발길
그 사랑으로 내 시집 책
눈처럼 쌓여갈 것이므로

성에꽃

몽글몽글 도로에 가득 핀
흰 나비 같은 성에꽃에
황홀한 눈길이 머문다

날마다 다른 느낌으로
큰 풍요 즐거움 주는 듯
선물 같은 날 참 많이 고맙다

가슴에 깊이 박힌 옹이가
알알이 박혀 그리움 되어
반짝이는 게 아닐까

뽀드득 발아래 옹알이
발바닥 간지러움에
괜스레 미안해지는 맘

밤새 꽃을 피운 새벽길
마중해준 고운 성에꽃
어느 별에서 온 것일까

딸기농장

코끝에 감겨오는
향긋한 이끌림에
하우스 발길 옮겨
농장 안 딸기체험
죽은 깨 빨강 딸기가
주렁주렁 곱구나

줄기와 이파리들
탐스런 딸기 열매
과학의 수경재배
한눈에 볼 수 있네
농촌의 밝은 미래가
찾아온 듯 반갑네

한겨울 딸기 농사
농민들 함박웃음
바구니 가득 담아
품 안에 안고 왔네
딸기 맛 새콤달콤이
입 안에서 녹는다

재두루미

커다란 재두루미
빈 들녘 성큼성큼
그 가족 모이 찾아
논밭에 서성이네
큰 덩치 긴 모가지는
보기 드문 새여라

가족이 이동하니
외롭진 않겠구나
처음에 마주 하니
신기할 뿐이었지
두루미 천연기념물
귀한 동물이어라

강에는 물고기들
들녘엔 곡식 낟알
먹이가 풍족하니
새들이 모여드네
조곡리 새들의 고장
각양각색 무리들

정월대보름

혹한 속에 그려왔던
새봄을 안고 다가온
반가운 입춘에 이어
정월 대보름맞이

새벽에 부럼 깨고
액운을 물리치고
오곡밥에 나물 반찬
귀밝이술 더위팔기

붉은 기운 듬뿍 품은
둥근 보름달님께
한해의 소원을 빌며
마음의 평온을 맞는다

밝고 맑은 기운 받아
액운 멀리 떨쳐내고
꿈과 소망 이루어서
건강한 한 해 되기를

휘영청 환한 달처럼
세상을 밝게 비추고
곱고 아름답게 빛나는
복된 삶 누리기를

좋은 덕담 나누면서
저 멀리 향긋한 봄
둥둥 곁으로 오고 있기에
고유의 명절 즐겨 본다

빨간 등대

저 혼자 외로운 삶
배들의 길잡이 된

지킴이 빨간 등대
갈매기 한 마리가

바다의
친구가 되어
하늘 높이 날아요

바다는 그 자리에
모든 걸 품어주며

어울려 살아가는
밤바다 지켜주리

모두가
사랑이어라
영원하라. 등대여

달은 지고

서산에 기울어진 달님
소원들 가득 담아서
포화 상태가 되어
보름달 마냥 힘든 걸까

얼굴이 붉어진 모습
애처롭기 그지없네
모두가 힘든 세상살이
소원을 가득 실었으니

어쩌랴 가는 길 힘들어서
서산의 마루에 쉬어가네
좋은 일 생기려나
모두가 웃을 수 있는 그 날

만삭의 몸이 되어
떠나는 정월 보름달
많은 소원은 순풍 순풍
순산해 주길 바란다

어느 그리운 날에
소원 이루어지는 날
마당 한복판에 서서
덩더쿵 춤을 출 수 있으려나

제2부

그리운 바다

가족 나들이

바다가 부른다고
가볍게 훌쩍 떠나
여가를 즐겨본다
이렇게 좋은 날에
엄마랑 가족 나들이
오붓하게 즐기네

닮은꼴 두 모녀는
식성도 닮았어라
바다 회 좋아하고
소주는 딱 두 잔만
매운탕 밥 말아 먹고
그제서야 웃는다

엄마 손 잡고 보니
온기의 사랑 느껴
마음이 울컥울컥
치아로 고생하셔
깡마른 어머니 모습
가엾어서 눈물 나

그리운 바다

답답한 가슴 짓눌린 듯
뻐근한 통증이 몰려와
갑자기 바다가 보고프다

꿈꾸듯 떠 오르는 푸른 바다
비릿한 내음이 살갗의 피부
세포를 밀어내고 있음이다

늘 그리웠던 바다
한없이 넓은 바다 품
그 중간에 서서 바라본다

가슴의 응어리들
실타래 풀어내듯이
서리서리 풀어 던져 본다

갑자기 눈물 바람 서럽다
이제 살 맛나게 사는데
뭐가 이리 꼬여 가는 건지

내 한 몸 돌보지 않음이
커다란 후회 쓰나미 되어
파도 타고 밀려오는 듯

지금부터 시작이야
인생 이모작 그래그래
날 잊지 말고 사랑하기로

48_ 자연의 선물

파도

잔잔한 동해 바다
샛바람 타고 둥둥

바위에 부딪혀서
파도는 춤을 춘다

조약돌 물타기 하는
부서지는 파도여

흰 거품 알갱이들
쉼 없이 밀려오고

쏴쏴쏴 바다 노래
정겨운 모습이야

또다시 힘을 얻어서
내 둥지 속 찾는다

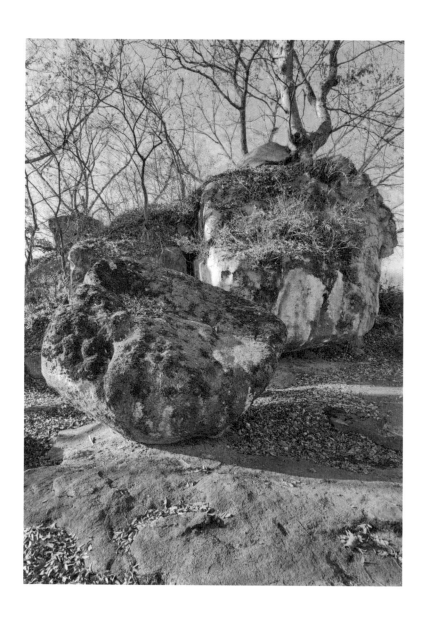

50_ 자연의 선물

마을 보호수

마을의 안녕과 번영을
지켜주고 빌어주는 수호신
사계절 위풍당당 그 자리

여름날의 마을 주민들
느티나무 보호수 아래
시원함 달래며 정 나눔

자연이 빚어낸 너럭바위
아름드리 느티나무의 이로움
조화롭게 이어지는 둘레길

감미로운 새소리 바람 소리
멋진 상상의 나래를 펼치며
그림 같은 동네 아름다워라

낙엽 숨어든 바위 틈새
바스락 음률의 하모니들
정겨운 마을 보호수 으뜸이야

글벗

빛나라 글벗이여
커져라 글벗 모임
우리는 글벗 가족
글 나눔 사랑이죠
딩동댕 울리는 알림
새벽부터 밤까지

얼마나 달려야만
소원을 담아낼까
마음에 꽉 찬 희망
시집 책 기다림에
꿈으로 내딛는 발길
나의 소원 이루리

한걸음 또 한걸음
소중한 하루하루
최선을 다하여서
즐겁게 살아보자
내일은 해님의 동행
기쁨으로 맞으리

풀잎 사랑

혹한의 겨울 이겨내고
빼꼼히 고개 내민 풀잎 사랑
차가운 얼음 박차고서
살랑살랑 사랑이어라

산책길에 마주한 들풀
그리움의 시간 알았으랴
곁으로 돌아와 준 너와 나
긴 기다림의 시간이었지

어려움 속에서도
굴하지 않고 찾아와준
생기의 파릇함에
괜스레 눈물이 핑그르르

여린 싹들의 고운 모습
희망을 가득 품고서
찾아온 봄나들이
분명 고운 꽃 피워 주리라

한적한 모퉁이 돌아 돌아
푸른 생명의 귀한 들풀
말없이 왔다가 고개 숙여 떠나는
저 들의 생명력을 닮고 싶어라

숲속의 해님

들녘아 깨어나라
살포시 눈을 뜨렴
겨울에 늦잠 자며
게으름 피워보네
어느 결 숲속의 해님
방실방실 좋아라

노오란 아침햇살
창 가득 밀려오고
뜨락의 나뭇가지
산새들 찾았어라
오늘은 어느 곳으로
시를 찾아 나설까

마음은 부산스레
지친 몸 일으키며
응원과 용기 주며
나 자신 토닥이네
신나게 떠나 볼까나
사랑의 글 찾으러

보물들 간식

우리의 보물들은
간식도 다양해라

손놀림 당차구나
생크림 듬뿍 발라

곶감을 맛있게 냠냠
사진으로 담았네

엄마가 주신 노치
귀요미 주었더니

꿀에다 찍어 먹고
영상을 보내왔네

사는 맛 별거 있으랴
소소함에 웃는다

자작나무 숲

숲 바람 가득 품고 있는
하얀 겨울의 모퉁이
옹골찬 계곡 찬바람이
휘이휘이 날고 있다

풍진세상 바람으로
날려 버릴 것처럼
아픔으로 다가와 윙윙
울어대는 자작나무숲

옹이마다 검은 자국
고스란히 흔적을 남기고
겨울의 낭만을 즐기는
산행인들 까르르 수다 푼다

하얀 겨울을 지키는
하얀 자작나무숲
한 껍질 두 껍질
허물을 아낌없이 벗는다

이 겨울이 지나면
푸른 잎 달랑달랑 달고서
푸른 숲 힘차게 달리겠지
모두가 사랑일 거야

물오리 가족

해빙기 얼음물에
물오리 유영하며

자맥질 먹이 사냥
저들의 언어 놀이

꽥 꽥꽥 물오리 가족
평화롭게 둥둥둥

훈풍의 봄나들이
따스한 햇볕 받아

걸으며 뒤뚱뒤뚱
보란 듯 날아올라

하늘을 가로지르네
둥지 찾아간 걸까

겨울잠 깨고

갈색 낙엽들 누워 긴 잠자고
툭툭 털고 일어나는 버들강아지
봄기운 햇살 받아 반짝인다

털북숭이 살짝 물올라
통통 부풀어 감싸던 얼굴
여민 앞가슴 풀어 헤치네

버들강아지 실눈 뜨고
헤실헤실 눈웃음으로
그리움 가득 품었던 뚝방

살랑이는 바람을 이고
봄 이야기 또랑또랑
개여울에 흘러내린다

아지랑이 노랑 봄이랑
들녘 가득 펼쳐질 따스한 날
그리웠노라 봄날이여

행복 밥상

정성과 사랑으로
키워온 먹거리들
바구니 가득가득
건강을 챙겨본다
농민들 길거리 판매
걱정부터 앞서네

한순간 방심하면
버섯은 과잉생산
상품성 떨어져서
키다리 몸값 낮춰
거리의 주인들 찾아
살짝 품에 안기네

느타리 고운 모습
데쳐서 무침하고
싱싱한 달걀찜은
식탁에 오를 거야
가족이 한자리 모여
행복 밥상 즐기리

갈대

짙은 갈색의 갈대
파란 하늘 쳐다보며
무심한 겨울바람 맞서네

여린 싹은 길게 누워
일어서지도 못하고
서글픔의 노래 부르고

작은 바람이 일면
서러움의 몸짓
서걱서걱 울어댄다

아름답던 날들 사라지고
푸르렀던 지난날들
저들은 기억할까

계절은 속절없이 떠나고
멍든 아픔의 잔영들
그리움을 품게 하는구나

억새

일렁이는 작은 물결
하늘하늘 춤을 추는
하얀 억새꽃 물결아

둔치의 고운 모습들
맘 토닥이며 바라본
눈길은 애잔함에 머무네

봄 온다고 기다리는데
가녀린 억새 대공들
저 들은 어디로 떠날까

이별은 준비되어 있지만
떠나는 모습은 허허롭고
안쓰럽고 맘 아릿하다

파릇파릇 찬란했던 청춘들
화려하고 멋진 모습으로
또다시 찾아오려나

탄산 온천

가족들 하룻길에
웃음이 나풀나풀
어머니 좋아 좋아
기분이 올라가네
아기새 어미새처럼
물놀이에 신났네

뜨거운 온천탕은
하얀 김 모락모락
땀방울 송골송골
정신은 몽롱해라
오늘은 효도하는 날
맘 다하여 모시리

더 많이 시간 내어
어머니 모시고서
전국을 누벼보자
맛난 거 살아생전
마음껏 드실 수 있게
튼튼 치아 믿고서

둘레길

봄바람 살랑대니
들길로 봄나들이
상큼한 향기 쫓아
방황의 발걸음들
건강을
챙겨보는 날
둘레길을 걷는다

두 사람 함께하는
소중한 하루하루
길지도 않은 이 길
몸 건강 마음 건강
인생길
삶의 한 자락
나직나직 펼치리

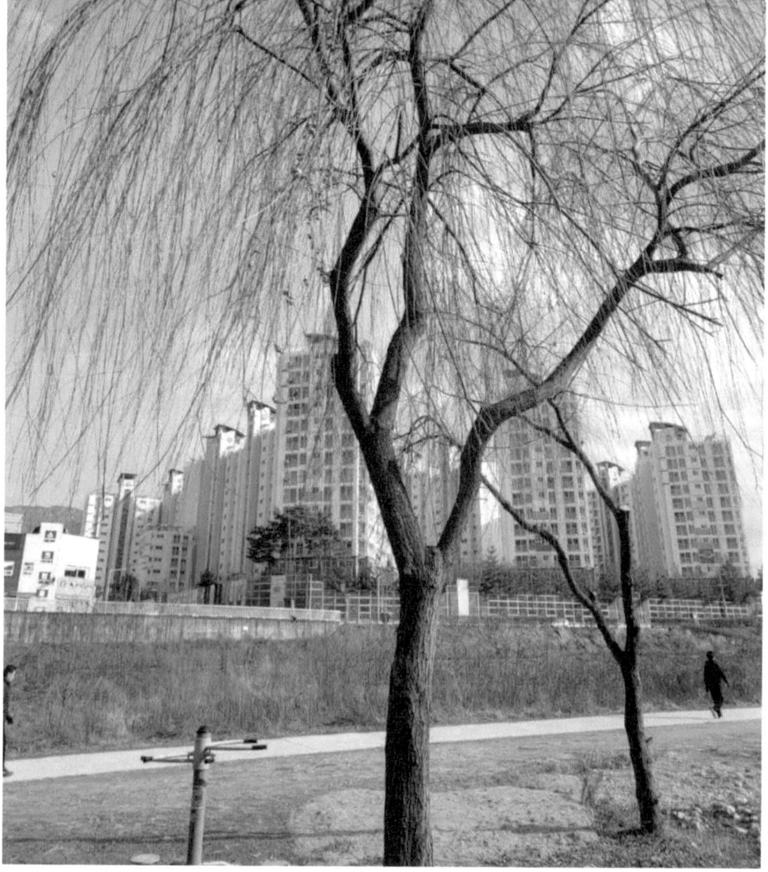

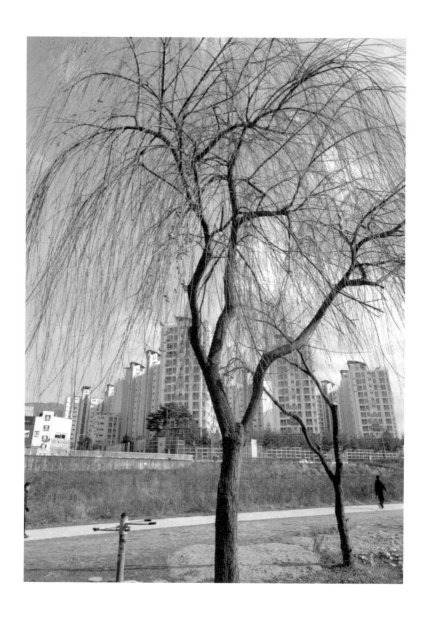

수양버들

그대는 떠나가고
늘어진 수양버들

몸단장 꾸미었네
돌아올 봄 아씨들

마냥 서 기다린다네
다시 만날 푸른 잎

노래를 부르리까
막춤을 추어볼까

풀피리 꺾어 불던
그 시절 추억하네

휜 가지 버들잎 땅에
닿았으면 좋겠네

안부

아침에 일어나면
핸드폰 카톡 소리

펼쳐서 확인하고
안부를 주고받지

하룻길 소소한 일상
울림으로 시작해

밤사이 궁금했던
소소한 관심 속에

아침을 열어가고
맑음의 하늘사랑

더 불어 옮겨본 발길
하룻길이 바쁘네

허수아비

긴 시간 봄부터 가을까지
둘레길 지킴이 허수아비들
소임 다하고서 쉬하고 있네

각양각색의 옷을 입고서
저수지 둘레길 나온
사람들과 어울리며 알림

수고로움의 몸 한 계절
따뜻한 곳에서 모여
약동의 새봄을 기다린다

얼굴은 또 어떤 모습일까
마주할 그 날을 상상해보니
자꾸만 웃음이 나온다

봄바람 얼굴에 닿으면
저 허수아비들 즐거운
비명이라도 질러 줄까나

지난날의 그리움들
살포시 반추해 보는 날
두런두런 둘레길 걸어본다

고추 모종

꼬물이 만세 만만세
두 팔을 위로 번쩍
가녀린 연두의 새싹
씩씩한 웃음으로 반겨주네

노오란 황금 씨앗 톡톡
터트리며 세상 밖으로
사랑 먹고 자라는 모종
포동포동 살찌워 가는 중

새 주인 만날 고운 꿈
흙 속에 살며시 품고
시집갈 그 날을 기다리며
살포시 에너지 충전

줄기 튼튼하게 자라렴
건강한 모종으로
다시 만나는 그날엔
짙은 초록으로 만나자

줄기에 치렁치렁
고운 잎들 피우고
초록의 꿈 키워보자
봄이다 봄 새싹들아

제3부

하얀 이별

꽃모종

오일장 장날 판매용
어여쁜 꽃모종들이
방긋방긋 웃고 있다

새침한 봄의 요정들
뿜어낸 향기가 그윽해
하우스 안에 머문다

보는 눈 정화되어
소녀처럼 가슴이 콩닥거려
두근두근 설렘 가득

내일을 준비하는 농장주
큰 포부 꿈 실현하여
꽃 웃음 오일장에 가리니

하얀 이별

시려서 보냈었지
겨울과 하얀 이별
그리고 봄이어라
이렇듯 상큼한데
마음은 풍선 되어서
저 하늘에 두둥실

바람결 훈풍으로
들녘에 머무르니
새싹들 웅성웅성
좋아라 난리 났네
이보다 더 좋을쏘냐
영차영차 어영차

연두의 꼬물이들
언 땅속 헤집고서
기지개 힘찬 모습
새싹들 동행하네
저 멀리 봄바람 타고
봄꽃이여 피어라

봄의 길목

아지랑이 건너편 아롱아롱
몽환적 봄의 이야기 툭툭
세상 밖으로 꿈틀거리며 온다

겨우내 꽁꽁 얼었던 밭둑
햇살에 조금씩 풀어지면서
냉이 파릇파릇 돋아나고

땅이 숨 쉬고 쉬 풀어지면
봄의 길목에서 마중하면서
또다시 만나러 오리라

이곳저곳에서 톡톡톡
봄의 옹알이가 시작되어
냇가의 개구리들도 폴짝폴짝

고운 빛깔 연두의 봄은
하우스 가득 모종으로
방글방글 대변해 주고 있다

희망의 봄 서두르지 않아도
총총히 곁으로 달려오고
그 길목 버선발 마중이다

사랑의 온도

새 시집 책 사랑의 온도
대표님 직접 찾아주시고
아름아름 선물 박스 가득
가슴에 안으며 벅참이다

두 사람의 생활시 담으며
부족한 글 세상에 내놓고
이리 좋아하는 사람은
오직 나 뿐일 것 같다

짧은 기간 소소한 일상들
사진 찍고 글로 남기며
덤으로 얻은 생명의 연장
인생길 걸음이 축복이다

앞으로 얼마나 더 많은 날
살아낼 수 있을지
내일을 알 수는 없지만
내겐 하루하루가 벅참이다

아낌없이 사랑하면서
후회 남기지 말자고
가슴에 남겨진 옹이도
그 또한 나의 몫 아닐까

사랑과 나눔으로
베풀고 봉사하면서
한 줌 흙으로 돌아갈 때까지
인생길 빛나게 살아보리라

냉이

봄바람 살랑이는
들녘을 헤집고서
냉이를 쓰담쓰담
망태에 캐 담는다
봄기운 가득 담아서
찾아왔네 봄 냉이

새하얀 다리 길쭉
머리는 붉게 염색
냉이를 손질하고
파랗게 데쳐 삶아
빨갛게 고추장 무침
식탁 위에 올렸지

콩가루 조물조물
된장 푼 냉잇국에
입맛이 살아날까
향긋한 냉이 향은
입안에 회오리바람
춤을 추며 꿀꺼덕

나의 보물들

시집 책 한 권 두 권
쌓여서 책장 보관

나만의 역사 되어
칸칸이 집을 짓고

인생길 삶의 흔적들
그리움을 삭이네

부상의 상패들도
덩달아 반짝반짝

선반에 차곡차곡
제자리 지켰어라

보는 맘 즐거움 가득
도전한다 시 한 수

일상의 하룻길에

바빠도 시를 쓰고

시간을 쪼개가며
사진을 담아두지

소중한 나의 보물들
꿈을 꾼다 문학관

마당 손질

토사로 마당 자갈이 없어
다시 또 자갈 한 차를 구하여서
새봄맞이 꽃단장 중

이리저리 메꾸고 다져
보는 맘 흡족하고
숭숭 물 빠짐 좋을 것 같다

며칠째 혼자 끙끙거리며
주변 둘레 일거리 찾아
척척박사 일사천리

멋진 남 믿음직한 내 편
삶의 언저리 마주하면서
함께하는 동행 길이다

봄 햇살 양어깨에
영양제 되어 감싸주고
두런두런 봄맞이 하는 날

이 행복 이 순간 즐기며
어린아이처럼 콩콩 뛰며
운동화 발로 콕콕 다진다

항아리

봄 햇살 조곤조곤
항아리 내려앉아

툇마루 양지 녘에
햇살들 속삭이네

따뜻한 김 모락모락
친구 되어 반기네

항아리 가득 담긴
맛나게 익은 장류

택배를 띄워 보내
솜씨를 자랑하자

숙성된 된장 고추장
주인 찾아 가려네

새조개 축제

전국에 모여든 사람들로
북적이는 축제장의 모습
품바 공연에 어깨가 들썩들썩

모두가 노래에 위안을 얻고
잠깐의 힘듦을 잊는 걸까
좋아라 손뼉 치고 춤추고

한 바퀴 돌고 돌아서
식당으로 향해 우르르
맛집 찾아가는 발걸음

냄비에 야채를 넣고 끓여
살며시 익혀 먹는 새조개
양념장에 찍어 먹는 그 맛

보들보들 연하고 달달한
특유의 새조개 맛 즐기며
두 사람 더불어 어울림이다

한 달 동안 열심히 일했으니
잠깐의 휴식 사치는 아니겠지
짧은 여행의 묘미 배로 즐긴다

거름 나르고

그대와 나의 시골 생활
돕고 살아가는 둥지 속
어쩌랴 부실한 몸뚱어리

둘이라서 좋았어라
파아란 새벽이 열리면
남편은 신나게 거름 펴고

돕지 못해 작아진 가슴
괜스레 미안한 마음
속이 까맣게 타고 만다

치료 열심히 받고
운동을 병행하면서
담을 약속해 본다

내일은 해가 뜬다
갑자기 그 노래 가사가
입에 찰떡처럼 붙는다

해미읍성

역사의 소용돌이
아픔의 해미읍성

성벽을 높이 쌓아
왜구의 침략 막은

소중한 문화유산을
보존하여 지키자

넓은 뜰 거닐면서
한 시대 역사 공부

곳곳의 흔적들은
역사를 품어 안고

그 옛날 말해 주는 듯
서려 있는 조상 얼

봄이런가

파릇파릇 풀포기들
땅속 헤집고 세상 구경
뾰로롱 벌 나비 빙빙
마당 뜨락 축하해주네

풀꽃 피는 봄날
꿀 따면서 날갯짓
속살스러운 사랑의 봄
기다렸으므로

이 땅의 작고 여린
주인공들 어우러져
자연과 함께 둥실둥실
고운 춤사위가 화려하다

봄이런가
부지런히 움직이면
곡간이 그득할 테니
또 애써 보련다

가지치기를 배우다

분재하시는 이웃집 아저씨
자상하게 과일나무 가지치기
가르쳐 주셔서 배우는 날

삼삼오오 모여 다람쥐처럼
나무에 오르고 내리며
나뭇가지 자르고 손질

배움은 끝이 없는가 보다
손주들 줄 과일나무 한 그루도
허투루 얻어지는 게 없네

말쑥하게 이발한 과일나무
키도 작아지고 단정한 모습
꽃피울 봄날 기다리는데

소담소담 꽃 많이 피워
뜨락을 향기로 꽉 채워줄까
괜스레 설렘으로 벅차다

사뿐사뿐 찾아올 봄날
임의 속삭임으로 마당 뜰
꽃등으로 불 밝혀 주리니

희망의 봄

하우스 가득가득
푸르름 키워내신

갖가지 모종들로
화려함 울긋불긋

농장주
앞집 사장님
희망의 봄 키우네

늘씬한 대파 싹도
색색의 상추 모종

물먹고 생기발랄
모두가 어여뻐라

하우스
내일의 꿈들
들녘에서 키우리

서해 바다

잔잔한 푸른 바다
신두리 해수욕장

파도는 볼 수 없고
밋밋함뿐이어라

바다는 밀물과 썰물
서해 바다뿐인가

풍족한 해산물은
바다가 품고 키워

먹거리 제공하니
관광객 넘쳐나네

넉넉한 바닷가 인심
가고파라 또다시

봄비

뜨락에 소담소담
기쁨의 봄비 내려

묵은 때 벗겨주듯
촉촉한 산과 들녘

생명수
가득 머금고
봄 잔치가 열렸네

좋아라 신이 난다
들녘은 깨어나고

메마른 밭과 들에
싹 틔울 단비여라

살포시
비집고 나온
팔랑팔랑 연둣빛

아침 산책

신선한 아침 산책
둘레길 신이 난다
자연과 어울리며
푹 빠져 즐겨 본다
두 눈에 보이는 모두
싱그런 봄 오는 길

시냇가 물오리들
모래밭 나뒹굴며
일광욕 즐기는 듯
구구구 언어 놀이
햇살에 젖은 몸 털며
날아가네. 푸드덕

아침의 뚝방길엔
볼거리 가득하고
머릿속 스쳐 가는
지난날 아쉬움은
또다시 돌아오려나
건강한 몸 지키리

희망의 아침

지루한 꽃샘추위
떠나간 희소식에
새싹들 솟아나니
아침 안개 사라지네

앞 개울 버들강아지
헤실헤실 웃으며
옹알이 애교에
냇물 힘차게 흐르고

상큼한 봄 향기에
흥겨운 콧노래로
벅참의 하룻길 시작
들녘을 누벼본다

바쁜 삶이지만
화려한 고운 꽃길
거니는 기분으로
봄맞이 만끽이야

뚝방길 따라서
소망을 채워보는
두런두런 산책길
행복한 웃음꽃 핀다

선동국민학교 제29회 졸업 1975. 2. 17일

친구야

친구야 내 친구야
얼마나 보고픈 지

저 하늘 구름 보며
눈물샘 터졌구나

그리운 소꿉친구야
오십 년이 흘렀다

꼬마 때 헤어진 뒤
소식도 모른 채로

무심한 세월 속에
널 잊고 살았구나

미안해 용서해주렴
웃으면서 만나자

그리운 당신

봄바람 살랑이는
외로운 산소길엔
어머님 아버님이
잠들어 계시지요
그립고 보고 싶어서
기일 찾아뵙네요

어머님 살아생전
다하지 못한 효도
따뜻한 밥 한 공기
탕 생선 올렸어요
그 사랑 잊지 못하여
섬김으로 다해요

두 사람 오래오래
어머니 기억하며
생전의 베푼 사랑
닮으려 애씁니다
그곳은 아픔 없겠죠
행복하게 사세요

제4부

사랑의 싹

생명

봄바람 스치고 지나가더니
마른 나뭇가지엔 꽃망울
대롱대롱 봄 소풍 길
사랑이들 여지없이 왔구나

작은 알사탕 알알이 맺혀
고운 입 벙글어지는
뜨락의 마법 풀리는 그날
손꼽아 기다려 본다

꽃잎을 보여 주려나
나비 같은 꽃잎들 마주하며
속삭임의 탄생을
반갑게 맞이하련다

고운 생명 마당 뜨락을
꽃등 달아 놓고서
낮에는 해님이
밤에는 별님 놀러 오리니

다래 묘목

연두의 다래 묘목
작은 잎 싹 눈 틔워

시장을 겨냥 한다
어느 집 모퉁이에

어린싹 다래 묘목은
덩굴 되어 크겠지

몇 그루 심어볼까
마당 뜰 주렁주렁

다래가 달릴 거야
볼거리 먹거리로

뜨락을 가꾸다 보면
정이 듬뿍 들겠지

달래

봄바람 싱숭생숭
들녘으로 불러낸다
호미와 바구니 끼고
뚝방을 헤집누나

봄나들이 운 좋은 날
달래가 뾰족뾰족
향긋한 봄 내음에
온 맘이 심쿵심쿵

저녁 밥상에 별미
새콤달콤 달래 무침
달래 뽀글 된장으로
쓱싹쓱싹 버무리자

향긋한 봄 먹는 날
목 안으로 꿀꺼덕
도란도란 이야기꽃
우리 집 행복 밥상

비닐 씌우기

비바람 찢기는 옷
비닐이 너덜너덜

하우스 씌우는 날
모여서 웅성웅성

새벽에 바람 재우고
비닐지붕 씌웠네

완성된 모습 보니
흐뭇함 가득하네

고추가 주렁주렁
곤드레 반들반들

기쁨의 상상만으로
포만감만 커지네

사랑의 싹

겨우내 움츠렸던
마른나무 가지마다

꽃망울 사랑의 싹
알알이 송골송골

꿈꾸는 화사한 봄날
사랑꽃이 피누나

가녀린 나뭇가지
희망등 걸어놓고

꽃 웃음 하하 호호
너와 나 즐기는 날

손꼽아 기다린다오
울긋불긋 꽃 잔치

새 떼들

어머나 이게 뭐람
빈 나무 가지마다
새 떼들 다닥다닥
한가득 앉아있네
종친회 모임 여는 중
새 세력을 키울까

저 들의 언어 놀이
무수히 주고받는
삐리릭 지저귀는
새 울음 아름답네
새들의 대가족 이동
잠시 쉬어 가는 중

새 손님맞이

겨울과 긴 이별 뒤에
찾아온 새 손님맞이
뜨락을 꾸미고 난리법석

상사화 구근 줄 띄워 심고
봄 손님 반갑고 설렌 맘
햇살 아래 등 기대어 놓는다

이리도 즐겁고 좋은 날
봄은 생동감 넘쳐
뜨락은 햇살에 반짝거린다

파란 상사화 싹 나란히
줄지어 집 만들어 줬으니
대 가족들 둥실둥실 오겠지

하나둘 가꾸어 가는
소소한 일상의 즐거움
그 속에 내가 있기 때문이다

새순

병아리 오줌만큼
봄비가 다녀간 뒤

새순이 뽀롱뽀롱
봄맞이 소풍 왔네

봄이다 만세 부르는
연두의 싹 꼬물이

봄바람 살랑대니
들녘이 들썩들썩

종종종 발걸음에
봄꽃들 찾아왔네

소풍을 떠나 보리라
꽃 데이트 즐기며

목련꽃

백목련 자목련은
우아한 임의 모습

다소곳한 꽃 몽우리
뾰족이 입술 내민

새색시
고운 모습에
반했어라 첫눈에

발길을 멈추게 한
한 자락 춤사위에

빈 가지 다붓다붓
화려한 옷을 입고

속살이
보일 듯 말듯
상춘객들 꽃바람

버드나무

개울가 버드나무 연둣빛
새순이 파릇파릇 돋아
파란 하늘빛 닮아간다

푸르른 날개 가득 달고
너울춤 사뿐 추게 될 날도
멀지 않은 듯 정겹다

세월 참 빠르다
저 새순들처럼 파릇한
나의 젊음도 있었을 텐데

육십 고개의 중반을 달려
이젠 몸과 마음이 따로따로
저녁 노을빛 물들어 간다

새삼스러울 것도 없는데
버드나무 바라보면서
많은 생각에 잠겨본다

오늘이 가장 젊은 날
그래그래 적당히 즐기면서
최선을 다하여 살아보자

개나리꽃

화려한 개나리꽃
노오란 꽃물결에
담벼락 꽃물 들어
정답게 인사하네
꽃 무리 한 아름 가득
맘 홀리는 하룻길

봄비가 다녀간 뒤
개나리 나뭇가지
조로롱 걸려있네
기다린 노랑 별꽃
그리움 가득 품고서
찾아왔네 꽃사랑

파아란 하늘빛에
노랗게 물들이는
별꽃들 반짝임에
지나간 그 추억들
벗들과 어울려 즐긴
꽃 나들이 그립네

밭농사 준비

겨우내 얼었다 녹았다 반복
지친 밭에다 밑거름 주고
트랙터로 깊이 밭갈이

봄비 적당히 오면
밭고랑 만들어 비닐 씌우고
노루 망치면 농사 반 시작

어울려 일할 순 없지만
알아서 척척 내일처럼
일해주신 지도자님

믿고 살아가는 이웃사촌
정 나누며 어울리는
이곳 참 따스하다

날마다 재미에 푹 빠져
희망의 끝 보이는 듯
농사 참 매력있지

정성들인 만큼 좋은 먹거리
싱싱함으로 오는 농사를
어찌 손 놓을 수가 있을까

산수유

봄 햇살 조곤조곤
노오란 산수유꽃
조로롱 불 밝히고
고운임 찾아왔네
산수유 팝콘 튀긴 듯
달려왔네 그대들

새봄에 찾아오는
노랑이 햇병아리
빈 가지 가득 앉아
봄 잔치 열렸구나
얼마나 기다렸는지
알아줄까 이 마음

어여쁜 꽃송이들
향기를 가득 품고
꽃물결 남실남실
해맑은 그대 모습
귓가에 속삭임 가득
간질이는 꽃사랑

감자 심는 날

비닐 속 감자 심는 날
딱따구리로 찌르고
감자 눈 한 개씩 콕콕

장화 발로 공 차듯 휙휙
흙 살포시 덮어주고
땅속 감자 집 지어준다

마주 보며 한 알씩 톡톡
잠깐 한해의 먹거리
감자 거뜬하게 마무리

여름 하지 감자가
뽀얀 속살 드러내고
와르르 쏟아질 그 날

기다려 줘야지
성장 과정 지켜보면서
가꾸고 돌보면서

농사는 매력덩어리
바라보는 즐거움
사랑, 사랑이어라

진달래

불러본 진달래 노래
어느결에 고이 찾아온
연분홍 진달래 사연

방긋이 핀 화사한 꽃웃음
남몰래 살짝 기다려 온
봄 봄 봄이어라

진달래 고운 꽃잎들
입술에 포개지면
진달래 꽃물 들겠지

어디로 떠나 볼까
꽃사랑 찾아서 살랑살랑
그대랑 떠나 보리라

남녘의 바람길 찾을까
확 트인 동해로 갈까
갈 곳이 이리도 많은데

가슴은 심쿵심쿵
빈 가슴 꽃향기로
가득 채워서 오리라

하얀 목련

햇살 팡팡 쏟아지는
간지러운 봄의 들녘엔
속살거리는 꽃바람

하얀 웨딩드레스
곱게 차려입고
사뿐사뿐 고운 발걸음

하얀 속살 터트리며
찬란히 피어올라
그윽함에 눈이 부신다

하얀 목련꽃 사랑에
바라보는 눈 꿀 뚝뚝
기다린 만큼 황홀하다

돌아오지 않는다고
투덜이던 맘 미안해서
그리웠노라 고백했다

애틋한 그리움으로
곱게 찾아온 목련꽃
절대 잊지 않으리라

노란 개나리

꼬까옷 펼쳐 입고
뜨락에 살랑이는
노오란 개나리꽃
떠나기 아쉬울까
개나리
숨 멎을 듯이
아름아름 피었네

이별이 서러워라
또다시 찾아왔네
개나리 짧은 사랑
헛헛한 이내 가슴
봄이라
즐기다 보니
시들시들 꽃잎들

오오라 멋지구나
너와 나 지금처럼
마음껏 안아보자
우리는 사랑이야
세월아
멈추어다오
어질어질 사랑아

옥수수 파종

꼬무락 움직이는
두 사람 농사 준비

옥수수 씨앗 파종
한 알씩 토닥토닥

풍성한
맛난 먹거리
찰옥수수 심었지

시간은 저 멀리로
잽싸게 달려가고

천천히 쉬엄쉬엄
건강을 챙기면서

한나절
옥수수 파종
깔끔하게 마무리

벚꽃 사랑

하늘을 찌를 듯이
우람한 벚꽃 나무

하얀 꽃 소복소복
나비가 앉았어라

벚꽃이 흐드러지게
푸른 하늘 수놓네

어제와 같은 길에
오늘은 반겨주네

해맑은 하얀 천사
꽃사랑 진한 사랑

눈길이 가는 곳마다
벚꽃 사랑 축제야

맹방 유채꽃

참 고운 봄날 맞이
마음은 둥실둥실
노오란 유채꽃밭
가족은 즐겨본다
다 함께 즐거운 비명
즐거우신 어머니

효도가 별것이랴
눈높이 맞춰가며
말동무 친구 되어
살아온 지난 얘기
살갑게 들어주면서
공감하면 되는걸

향기는 하늘 높이
두둥실 오르더니
그 진한 향기로움
온 들녘 뒤덮누나
하룻길 꽃나들이에
말랑해진 사랑아

보듬고 쓰담쓰담
노란 꽃 코에 대니
한 아름 어여쁨에
향기에 취했어라
삼척의 맴방 유채꽃
지역 살린 효자꽃

제5부

자연의 선물

명자꽃

이토록 아름다운
명자꽃 으뜸이야
문밖에 서 있는 너
누구를 기다리나
널 보면 그리움 가득
아롱지는 보고픔

가슴에 새겨지는
그리운 동무들아
모이자 꽃동산에
흰 머리 성성해진
그대들 보고 싶구나
이름 불러보리니

새빨간 명자꽃이
곱게도 피었어라
우리의 마음속에
꽃물이 들었어라
모여라 우리의 모교
보러 가서 만나세

벚꽃은 지고

바람에 나비 되어
후드득 살랑살랑

이 생에 다한 생명
나직이 엎드려서

둥둥둥 시간 여행 중
서러워라 꽃잎들

긴 세월 기다려서
하얗게 불태우고

한순간 많은 사랑
담뿍이 받더니만

즐기다 훨훨 떠나는
꽃잎 사랑 임 사랑

매실꽃

마당가 뜨락에는
매실꽃 낭실낭실

헤벌쭉 꽃을 피워
향기가 그득하다

햇살이
내려앉으니
진한 향기 넘치네

꽃 피고 새가 우는
봄맞이 뜨락이라

꽃지는 사랑의 꽃
벌 나비 다녀가면

풍성한
사랑의 열매
기다린다 그날을

꿈이 익는 봄

비 개인 맑은 하늘
참 곱다 또랑또랑
배시시 웃는 모습
따스한 봄날이야

들녘은
산뜻한 푸름
색깔부터 다르네

밭갈이 뒤집은 흙
빗물에 차분차분
영양분 가득 먹고
꽃나무 윤기 반질

내일을
준비한다네
꿈이 익는 봄이여

나무에 틔운 새싹

꽃눈은 활짝 피고
뜨락을 가득 채운
향기가 나풀나풀

이제는
사랑받으며
꽃과 열매 품으리

꽃잎 편지

빗물에 맑게 씻긴
하얀 꽃잎 편지
그리운 임을 찾아
둥둥 떠나간다

어디로 가는 걸까
정해진 목적지도 없이
수취인 찾아서 쉼 없이
달리고 달려간다

바람 불고 비 내리는
힘든 길 굽이굽이
돌고 돌아 찾아가는 길
꽃잎 편지 사랑 찾아서

정다운 임의 품에
안 기울 긴 여정의 길
바람이 친구 되어
동행 길 마주한다

조팝꽃

밭이랑 흐드러지게 핀
조팝꽃 알갱이들 화사하게
일제히 방글방글 웃는다

콧속을 간질이는
상큼한 짙은 향기에
정신은 취한 듯 몽롱하다

자연은 수없이 변하고
고운 모습으로 와준다
봄의 선물 꽃이라 즐겁다

왜 이리도 좋은걸까
가꾸지 않았어도
기쁨을 주며 찾아왔네

들녘의 하얀 사랑으로
촘촘히 피어나 반겨준
그리움의 조팝꽃

족발

볼살이 사라져서
허기져 보인다며

할머니 얼굴이라
그 사람 걱정 태산

무너진 건강 되찾아
예전처럼 살리라

뼈다귀 붙은 살점
뜯으며 우적우적

억지로 삼키면서
건강을 외쳐본다

점심은 콜라겐 족발
도움 될까 정말로

산책

일 욕심 버릴 수도
농사를 접을 수도
상황이 안 좋지만
운동은 부지런히
뚝방길 건강의 필수
걷기부터 챙긴다

하늘도 쳐다보고
와닿는 봄바람에
마음속 저장하며
가슴을 내어준다
저 봄은 내 마음 알까
즐기려고 하는걸

꽃피고 새가 우는
뚝방길 이곳저곳
걷다가 달리다가
활력을 되찾는다
내일을 기약하면서
웃으면서 살리라

뜨락엔

비 온 뒤 맑은 하늘
파아란 청초한 빛

청아한 둘레길에
꽃망울 피어나고

뜨락엔 빛나는 햇살
반짝이며 머무네

어디로 달려볼까
떠나고 싶음이야

상큼한 꽃내음에
가슴이 심쿵심쿵

그리움 꽃처럼 피어
그대 찾아 떠나리

추도 예배

어머님 떠나신 지
여러 해 지나가고
그립고 보고 싶어
형제들 시댁 본가
모여서 음식 나누며
추도 예배 드려요

하늘가 언저리엔
어머님 목소리가
들리듯 생생한데
생전의 좋은 모습
기리며 추모합니다
사랑해요 어머님

형제들 한자리에
어울려 하하 호호
주진리 들썩였죠
어머님 감사해요
정 나눔 다독이면서
화목하게 살게요

영산홍

붉게 핀 사랑꽃에
마음은 두리둥실

둥둥둥 풍선처럼
부풀어 차올라서

기쁘기 한량없어라
피고 지는 연산홍

꽃 무리 속에서도
참새들 술래잡기

짹짹짹 지저귀는
뜨락이 아름답네

하룻길 영산홍 보며
꽃물 들어 가누나

꼬물이들

하우스 아기 모종
얼굴을 내밀더니

웃는다 헤실헤실
기쁨의 꼬물이들

두 번째
우리의 희망
기쁨으로 오리라

예쁘고 앙증맞은
모종들 하늘하늘

햇볕과 물 마시고
두 잎이 튼실하네

영양소
가득 머금고
싱그럽게 자라네

보름쯤 지난 후에
넓은 땅 집 지어서

이사해 옮겨줄게
총총히 예쁜 모습

멋지고
푸르게 자라
꿈꾸면서 지내렴

낮달

낮달이 동무하는
하룻길 바빴어라

꽃씨를 심어주고
여름을 준비했지

백일홍 마당가 가득
심어볼까 준비 중

모두가 뜨락에서
자연과 하나 되리

벌 나비 찾아들어
무희를 즐길 거야

하늘에 낮달이 성큼
동무해준 하룻길

운무

산안개 곱게 드리우고
하늘하늘 줄타기 곡예 하듯
살랑이며 오른다

산마루 멀리
가득 걸쳐있는 운무
모였다 흩어졌다 비행 중

눈앞에 아른아른
흔적도 없이 사라지고
푸름이 가득한 산

자연의 위대한 붓질
시시때때로 변하는
한 폭의 멋진 수채화

자연의 선물

온종일 동동하며
산으로 들녘으로
보람찬 산행이야
청옥산 두릅 수확
임들께
보내 드리리
정성 가득 담아서

내 정성 사랑으로
임들께 보내주면
첫 수확 산나물에
입맛 들 살아날까
좋아라
자연의 선물
즐겨보는 이 행복

보람된 하룻길이
기쁨의 배가 되어
신나게 룰루랄라
마음은 두리둥실
발걸음
집으로 재촉
봄나들이 즐거워

못자리

한해의 농사 시작
못자리 볍씨 붓고
품앗이 이웃사촌
한바탕 축제로다
한해의 먹거리 농사
하하 호호 웃음꽃

오 가는 인정 속에
정 나눔 사랑 실천
귀농한 우리 부부
배우고 어울리며
뿌리를 튼튼히 내려
준비하네 꿈의 길

웃음꽃 메아리는
하늘가 달려가고
막걸리 한잔으로
새참과 노랫가락
흥겨운 분위기 고조

즐거워라 못자리

들녘이 넘실넘실
푸르름 차올라서
개구리 노래하고
온 동네 시끌벅적
풍년가 노래 부르는
좋은 시절 오겠지

나의 놀이터

해 질 녘 어둑어둑
땅거미 내려앉고

동동동 조바심에
서둘러 출근하지

가게는 나의 놀이터
즐기면서 일하죠

손님들 오며 가며
반갑게 맞이하고

십수 년 한자리에
한 우물 파다 보니

이제는 이웃사촌들
정 나누며 지내죠

애기똥풀

진노랑 애기똥풀
지천에 가득 피어
꽃향기 넘실넘실
바람에 살랑이네
들녘에 노랑 꽃물결
들꽃잔치 열렸네

보는 눈 즐기는 맘
힘들 때 위로되어
온기의 사랑 되어
마음이 따스해라
온 들녘 꽃향기 가득
머무르고 있구나

어쩌랴 고운 모습
봄 향기 가득한데
이별은 기약 없이
널 거둬 떠날 테지
산하에 꽃물 들이고
즐기다가 가려마

금낭화

꽃등이 조롱조롱
알알이 맺혀있고

그리운 사연 싣고
찾아온 금낭화꽃

꽃사랑 임의 향기에
미어지는 가슴아

마주한 발걸음에
화들짝 잠이 깨어

반겨준 꽃사랑에
만남은 정다워라

뜨락은 사랑의 하트
방실방실 꽃웃음

사랑비

세상사 마음대로
어렵다 말하지만
모종들 심고 나니
기쁨의 단비 세례
좋아라 축복이어라
얼싸안고 즐기네

마른 땅 촉촉하게
사랑비 하늘 선물
웃음은 방글방글
연두의 어린싹들
초록 꿈 가득 펼치며
푸른 벌판 지키리

앞산도 텃밭에도
푸르름 짙어가고
꿀 같은 영양소가
골고루 내려주네
이 아침 반가운 손님
마른 가슴 적시네

자연에서 만난 치유와 행복

- 송연화 스물네 번째 시집 『자연의 선물』

송연화 시인이 글벗문학회 회원으로 활동한 지 6년 만에 스물네 번째 시집을 발간했다. 참으로 대단하고 놀라운 일이다.

박두진 시인이 이렇게 말했다.

"나이가 드니 마음먹은 대로 시가 써지는 것 같다."

마치 송연화 시인을 말하는 듯하다. 24권의 시집 출간이라는 놀라운 열정, 어떻게 하면 이런 경지에 이를 수 있을까? 몹시 부럽고 놀랍기만 하다. 도대체 얼마나 많은 시를 써야 얼마나 노력해야 이런 경지에 도달할 수 있을까? 그가 쓴 씨는 대략 2,500편이 넘는 듯하다. 긴 세월을 생각하니 저 말의 무게는 더욱 무겁게 느껴지기도 한다.

시는 인간의 혼을 정화하고, 치유하며 행복하게 만드는 참다운 길이다. 송연화 시인의 시를 만날 때마다 느끼는 감회다. 송 시인을 만나면 그는 이렇게 말한다. 즐겁게 신나게 시를 쓰고 있다고. 그리고 감사하며 살고 있다고. 그렇다면 송 시인이 고민은 도대체 무엇이었을까? 어떻게 하면 시를 잘 쓸 수 있을까? 그는 언제나 스스로 묻고 있는 듯하다. 기쁘거나 우울할 때도 있고, 재미있는 일이 있어서 누군가와 나누고 싶을 때도 있을 것이다. 그리고 자신의 기쁨을 누군가에게 전하고 싶을 때, 그는 짧은 내용이라도 혹은 힘든 상황에서도 한결같이 글을 쓰고 있다. 그것도 매일매일의 일상을 일기 쓰듯이 담고 있다.

사실 그렇게 매일 일기를 쓰듯 시를 쓴다는 것은 참으로 어려운 일이다. 늘 바쁘다는 핑계로, 혹은 할 일이 많다는 이유로, 농사를 짓는다는 이유로, 노래방지기로 살면서 나 이라는 이름의 페이지를 휙휙 넘겨버리면서 시간일지도 모른다. 어쩌면 넘기지 않아야 할 것들까지 모두 함께 묶어서 넘긴 것이 제법 많았을 것이다. 그럼에도 불구하고, 24 권의 시집을 출간했으니 그의 삶은 참으로 대단하다.

이제 송연화 시인은 우리에게 길을 묻는다. 내가 잃어버린 것들을 어떻게 하나하나 찾아갈 수 있을까? 눈감고 귀를 막고 있었던 것들, 잊으려 했던 것들, 그리고 묻어두어야만 했던 것들을 밀어내고 밀쳐두었던 것들, 그들을 찾아가 쓰다듬고, 어루만지고, 위로하고 싶을지도 모른다. 그의 시와 시조 작품을 살펴보면 언제나 자연과 친구가 되는 삶을 살았다. 한마디로 자연은 시인에게 영원한 친구였고 봄이었으며 희망이었다. 마침내 시집을 출간하면서 자연과 함께 행복한 삶을 꿈꾸고 있다.

　　　　저 멀리 봄이 오고 있으려나
　　　　포근한 햇살이 온 누리에
　　　　가득히 넘쳐 언 땅 웃고 있다

　　　　희망의 언덕길을 올라
　　　　차창 밖으로 펼쳐지는

감미로운 풍광에 맘 뺏기고

혹 쳐다본 하늘빛
어쩜 저리도 아름다운지
하얀 구름 몽글몽글 어여뻐라

새삼스레 자연에 감사
아롱아롱 둘레가 멋스러워
담고 또 담아 본다

느끼고 바라보는 황홀감
따스한 온기가 축 늘어진 맘
토닥여 주는 지금이 참 좋다

행복이 별거 있으랴
내 안에 즐거움 담겨있고
평온하면 족할 수 있을 터이니
– 시 「포근한 햇살」 전문

그의 시와 시조에는 항상 희망이 가득하다. 자연의 포근한 햇살에서 느끼는 긍정의 힘이라고나 할까? 그리고 그의 삶의 희망은 행복으로 연결하는 것이다. 사계절 자연의 변화를 통해서 그는 꿈을 말하고 희망을 계속해서 끊임없이 말한다. 물론 시인에게 아픔이 왜 없었겠는가.

숲 바람 가득 품고 있는
하얀 겨울의 모퉁이
옹골찬 계곡 찬바람이
휘이휘이 날고 있다

풍진세상 바람으로
날려 버릴 것처럼
아픔으로 다가와 윙윙
울어대는 자작나무숲

옹이마다 검은 자국
고스란히 흔적을 남기고
겨울의 낭만을 즐기는
산행인들 까르르 수다 푼다

하얀 겨울을 지키는
하얀 자작나무숲
한 껍질 두 껍질
허물을 아낌없이 벗는다

이 겨울이 지나면
푸른 잎 달랑달랑 달고서
푸른 숲 힘차게 달리겠지
모두가 사랑일 거야
- 시 『자작나무 숲』전문

　송연화 시인의 생활근거지는 강원도 횡성과 원주다. 그는
종종 자연 속에서 세월의 아픔과 삶의 고뇌를 치유한다.
농사를 짓는 삶의 방식에서 혹은 산행이라는 행동을 통해
서 수다를 떨고 허물을 드러낸다. 그리고 이 겨울이 지나
면 푸른 잎이 돋는 봄, 곧 사랑이 올 것이라고 믿고 있는
것이다. 그는 자연에서 삶을 배우고 있다. 어쩌면 시인은
우리에게 이렇게 말하고 있는 것은 아닐까?

"지금은 아프지만, 언젠가 삶은 살아나고, 우리의 작품들은 햇볕을 볼 것이다. 그리고 우리의 정신은 다시 살아날 수 있으리라."고 믿고 기다렸다고.

마을의 안녕과 번영을 / 지켜주고 빌어주는 수호신
사계절 위풍당당 그 자리

여름날의 마을 주민들 / 느티나무 보호수 아래
시원함 달래며 정 나눔

자연이 빚어낸 너럭바위 / 아름드리 느티나무의 이로움
조화롭게 이어지는 둘레길

감미로운 새소리 바람 소리 / 멋진 상상의 나래를 펼치며
그림 같은 동네 아름다워라

낙엽 숨어든 바위 틈새 / 바스락 음률의 하모니들
정겨운 마을 보호수 으뜸이야
- 시 「마을 보호수」 전문

코로나19로 인해 어려운 시기에 시인은 강원도 횡성에서 혹은 원주에서 늘 가까이 자연을 접하는 상황이다. 그리고 자연과 친구가 되고 때로는 그의 삶의 안식처가 되기도 한다. 어쩌면 시인은 자연을 통해 시와 시조라는 마음의 지도, 영혼의 지도를 그리면서 자연을 노래하고 있는 듯하다.

파릇파릇 풀포기들 / 땅속 헤집고 세상 구경
뽀로롱 벌 나비 빙빙 / 마당 뜨락 축하해주네

풀꽃 피는 봄날 / 꿀 따면서 날갯짓
속살스러운 사랑의 봄 / 기다렸으므로

이 땅의 작고 여린 / 주인공들 어우러져
자연과 함께 둥실둥실 / 고운 춤사위가 화려하다

봄이런가 / 부지런히 움직이면
곡간이 그득할 테니 / 또 애써 보련다
– 시 「봄이런가」 전문

 코로나로 힘들고 불안한 시대에 푸근하게 은신할 수 있는
것이 그리웠을 것이다. 사랑의 봄, 자연과 함께 이렇게 시
인의 마음속에 그려진 자연은 바로 작품 속에 풍경으로 되
살아난다. 시인이 꿈꾸는 것은 봄이요, 농사꾼으로 곡간이
가득한 상황을 희망한다.

신선한 아침 산책 둘레길 샤방샤방
자연과 어울리며 푹 빠져 즐겨 본다
두 눈에 보이는 모두 싱그런 봄 오는 길

시냇가 물오리들 모래밭 나뒹굴며
일광욕 즐기는 듯 구구구 언어 놀이
햇살에 젖은 몸 털며 날아가네. 푸드덕

아침의 뚝방길엔 볼거리 가득하고
머릿속 스쳐 가는 지난날 아쉬움은
또다시 돌아오려나 건강한 몸 지키리
– 시조 「아침 산책」 전문

글은 정보를 실어나르는 수단이다. 하지만 정보를 나열하는 것만으로 글이 되지 않는다. 독일의 철학가 발터 베냐민(Walter Benjamin)은 이렇게 말한다.

"정보와 지식의 가장 큰 차이는 이야기로 만들 수 있느냐 없느냐"

지식이 되는 글은 자신만의 이야기를 하는 글이다. 송연화 시인의 시는 삶의 일상에 보고 느끼는 시를 보면서 자기 자신에게 혹은 독자들에게 보내는 편지라는 생각이 든다. 독자는 영혼이 느껴지는 시를 사랑한다. 그의 모든 시는 매일 매일 영혼을 담은 글이다. 왜냐하면 말하고 싶은 모든 것을 있는 그대로 표현하기 때문이다. 그리고 시를 읽어주는 대상이 있기 때문이다.

송연화 시인은 삶의 순간순간에 수다를 떨고 싶은 욕망을 느끼는 데서 글쓰기가 시작된다. 삶 속에서 문학적인 순간을 포착하는 것이 송연화 시인이 추구하는 글쓰기다. 그에게는 자연 속에서 여행 속에서 우연히 만나는 사람들의 수다조차 시가 된다.

삶에서 좋은 생각, 기회, 꿈은 우연히 주어지는 것은 결코 아니다. 그것은 신이 우리에게 주는 하나의 선물이다. 이렇게 생각하면 자유롭고 두려움이 없는 긍정적인 삶을 살게 되는 것은 아닐까? 송연화 시인이 그런 삶을 살고 있는 듯하다.

겨우내 움츠렸던 마른나무 가지마다

꽃망울 사랑의 싹 알알이 송골송골
꿈꾸는 화사한 봄날 사랑꽃이 피누나

가녀린 나뭇가지 희망등 걸어놓고
꽃 웃음 하하 호호 너와 나 즐기는 날
손꼽아 기다린다오. 울긋불긋 꽃 잔치
- 시조 「사랑의 싹」 전문

 겨울에 봄을 준비한다. 기회와 꿈은 나의 노력의 대가가
아니다. 우연도 아니다. 기회에 대한 참 노력은 그것을 선
물로 생각할 때 더 강하게 일어나는 법이다. 송연화 시인
은 자신이 살고있는 자연을 귀한 선물로 여기는 듯하다.
귀한 선물을 받아 감사한데 어떻게 글쓰기에 소홀히 할 수
있겠는가. 그는 요즘 건강이 좋지 않다. 일상 속에서 절실
하게 감사의 마음을 경험한다. 이웃들과 좀 더 소통할 수
있고 스스로 즐거운 글쓰기를 하려면 더욱 삶의 일상으로
깊이 파고 들어가야 한다. 어쩌면 그의 삶의 일터가 그리
고 본인이 사는 강원도 횡성이라는 자연이 그의 글의 소재
가 된다. 꽃에게 말을 건다. 나무에게, 그리고 바람에게도
자신의 이야기를 건넨다. 자연을 만나서 대화할 때 나오는
이런저런 이야기들이 그의 글쓰기의 모티브가 되고 있다.

밭이랑 흐드러지게 핀 / 조팝꽃 알갱이들 화사하게
일제히 방글방글 웃는다

콧속을 간질이는 / 상큼한 짙은 향기에
정신은 취한 듯 몽롱하다

자연은 수없이 변하고 / 고운 모습으로 와준다
봄의 선물 꽃이라 즐겁다

왜 이리도 좋은걸까 / 가꾸지 않았어도
기쁨을 주며 찾아왔네

들녘의 하얀 사랑으로 / 촘촘히 피어나 반겨준
그리움의 조팝꽃
- 시 「조팝꽃」 전문

시인은 오늘도 꽃과 대화한다. 조팝꽃은 송연화 시인에게
는 봄의 선물이자 그리움의 꽃이다. 늘 계절은 변화하고
바뀌어도 늘 다시 오는 봄의 계절, 자연은 거짓말을 하지
않는다. 그리고 시인은 자연의 사랑으로 인식하고 봄의 선
물로 느낀다. 한마디로 자연에서 오는 행복과 기쁨을 시를
쓰는 행위를 통해 만끽할 줄 아는 것이다.
송연화의 글쓰기의 아이디어는 자연에서 얻는다. 그리고
좀 더 일상적인 것, 삶 자체의 크고 작은 이야기들을 찾으
려고 노력해서 얻는다. 좀 더 열린 가슴으로 자연과 대화
하고 다른 대상들과 소통할 수 있기에 설렘이 가득한 글쓰
기가 가능한 것이 아닌가 싶다. 즐거운 글쓰기를 하려면
더욱 구체적인 일상으로 깊숙이 파고 들어가야 한다. 사람
들을 만나서 이야기할 때 나오는 이런저런 세상 사는 이야
기들은 물론 자연과 더불어 살아가는 자신의 성찰도 글쓰
기의 주제가 된다.

짙은 갈색의 갈대 / 파란 하늘 쳐다보며
무심한 겨울바람 맞서네

여린 싹은 길게 누워 / 일어서지도 못하고
서글픔의 노래 부르고

작은 바람이 일면 / 서러움의 몸짓
서걱서걱 울어댄다

아름답던 날들 사라지고 / 푸르렀던 지난날들
저들은 기억할까

계절은 속절없이 떠나고 / 멍든 아픔의 잔영들
그리움을 품게 하는구나
– 시 「갈대」 전문

　무엇보다도 송연화 시인의 삶은 시 자체가 목적이 아니
다. "정말로 쓰고 싶은 시를 쓰고 있는가?" 스스로 물어보
기도 한다. 시인은 글을 쓰면서 어떤 삶을 살고 싶은가?
작가는 질문을 계속 던지고 있는 것이다. 아마도 시를 쓰
다가 막히는 이유는 쓸 내용이 없는 상태에서 글을 쓰기
때문이 아닐까?
　송연화 시인을 평가하면서 다작(多作)의 명인(名人)이라
고 그의 호칭을 달아주었다. 그의 삶과 책 내용 상관없이
제목이나 기획만 보고 가벼운 시집으로 치부하는 이들도
있다. 스물네 권의 시집을 통해 삶의 진솔함을 간직한 채

시인답게 사랑받을 수 있다는 믿음을 얻은 그에게는 참으로 큰 오해다. 송연화 시인은 지금도 송연화 시답게 시를 쓰고 있다. 건강을 잃어서 창작활동이 다소 무딘 상황이지만 그는 아직도 꾸준히 글을 쓰고 있다. 스물다섯 번째 시집을 준비하면서. 아마도 그 시를 읽어 주는 따뜻한 눈길이 있다는 것은 그 무엇과도 바꿀 수 없는 커다란 축복이자 행복이다. 감사한 일이다. 그는 농사를 짓는 일을 통해서 글나눔, 사랑 나눔을 실천하고 있다.

그는 오늘도 들녘을 향해서 해님을 만나고 아침 햇살을 만날 것이며 산새들의 지저귐도 들을 것이다. 그리고 또 하나 시, 사랑의 글을 찾아 나서는 것이다.

들녘아 깨어나라 살포시 눈을 뜨렴
겨울에 늦잠 자며 게으름 피워보네
어느 결 숲속의 해님 방실방실 좋아라

노오란 아침햇살 창 가득 밀려오고
뜨락의 나뭇가지 산새들 찾았어라
오늘은 어느 곳으로 시를 찾아 나설까

마음은 부산스레 지친 몸 일으키며
응원과 용기 주며 나 자신 토닥이네
신나게 떠나 볼까나 사랑의 글 찾으러
- 시조 「숲속의 해님」 전문

세상의 모든 시는 지식과 논리로만 이루어질 수 없다. 사람들은 책에 이끌리게 하는 힘은 넘치는 지식이 아니다.

촘촘한 논리도 아니다. 마음의 잔물결을 포착해낼 수 있는 따뜻한 사랑의 감성이다. 온갖 다양한 매체가 힘을 쓰는 요즘 세상에서 독자들을 한 사람이라도 더 가까이 두려면 따뜻한 감성으로 유연한 문장을 담아낼 수 있어야 한다.

현재 송연화 시인은 육체적인 질병과의 싸움 속에서도 꾸준히 창작활동을 임하고 있다. 더욱이 자신이 사는 강원도 횡성에 문학관을 건립하기 위해 동분서주하고 있다. 더욱이 유튜브를 보면 다양한 시 낭송가들의 송연화 시인의 작품을 낭송하고 있다. 또한 각종 공모전과 시화전 등에 참가하여 다수의 문학상을 수상한 바도 있다. 물론 송연화 시인은 오늘도 멈추지 않고 끊임없이 시와 시조를 쓰고 있기에 곧 '윤영문학관'이 건립되리라. 그의 꿈이 조만간 성취되리라 믿는다.

요즘 우리 글벗문학회에 가입하여 시인을 꿈꾸는 사람들이 점차 늘어나고 있다. 이제 시를 쓰는 것은 밤하늘의 별처럼 아주 먼 얘기가 아니다. 자연이 바로 내 곁에 와 있기에 누구나 시인의 길에 나설 수 있다. 다만 시를 쓰는 열정이 무엇보다도 중요하다. 직장에서 일하고 여행을 가든, 그리고 책을 읽고 요리하든, 송연화 시인처럼 자신의 경험과 지식을 개성 있게 진솔하게 담아낼 수 있다면 이미 시인이 된 것이다.

봄바람 살랑대니 들길로 봄나들이
상큼한 향기 쫓아 방황의 발걸음들
건강을 챙겨보는 날 둘레길을 걷는다

두 사람 함께하는 소중한 하루하루
길지도 않은 이 길 몸 건강 마음 건강
인생길 삶의 한 자락 나직나직 펼치리
– 시조 「둘레길」 전문

송 시인은 자연과 하나 되는 꿈을 꾸면서 인생의 둘레길을 걷는다. 지금껏 삶의 행복과 건강한 삶, 치유의 삶을 살아가고 있다. 오늘도 시를 쓰고, 또 고치는 것을 끝없이 반복하고 있다. 그의 삶에서 가장 큰 영향을 준 것은 아마도 시인으로서 삶이 아닐까 한다. 그는 자연과의 만남을 이웃과의 나눔을 통해 공유하면서 기쁨으로 나직이 자신의 삶을 펼치고 있다. 방황의 길이 아닌 건강한 삶을 살고 있다.

송연화 시인은 2,500여 편의 시와 시조를 쓰면서 열정의 삶을 살았다. 한마디로 자연이 준 선물에 감사하는 삶이다. 그는 자연에서 느끼고 배우면서 치유하는 삶을 계속해서 살아가리라 믿는다. 자연에 기대어서 삶의 아픔과 행복을 경험하는 삶, 이제 그는 영원한 글벗으로 우리가 사랑하는 시인으로 함께 하리라 믿는다. 그의 아름다운 꿈이 실현되길 소망한다. 아울러 건강과 행복을 기원한다.

■ 글벗시선199 송연화 스물네번 째 시집

자연의 선물

인 쇄 일 2023년 7월 2일
발 행 일 2023년 7월 2일
지 은 이 송 연 화
펴 낸 이 한 주 희
펴 낸 곳 도서출판 글벗
출판등록 2007. 10. 29(제406-2007-100호)
주　　소 경기도 파주시 와석순환로 16,(야당동)
　　　　　　롯데캐슬파크타운 905동 1104호
글벗카페 https://cafe.daum.net/geulbutsarang
E-mail juhee6305@hanmail.net
전화번호 031-957-1461
팩　　스 031-957-7319
가　　격 15,000원
I S B N 978-89-6533-258-9 04810

* 잘못된 책은 바꿔 드립니다.